U0919050

宁志荣 ◎ 著

CFP
中国电影出版社

图书在版编目（CIP）数据

神游万物 / 宁志荣著 . -- 北京 : 中国电影出版社 , 2025. 5. -- ISBN 978-7-106-05782-4

Ⅰ . I227

中国国家版本馆 CIP 数据核字第 202585GR37 号

责任编辑：卢红丹
整体设计：今亮後聲 HOPESOUND 2580590616@qq.com · 韩久昊
责任校对：滕森　许璐一
责任印制：孙杉

出版发行　中国电影出版社（北京北三环东路 22 号）　邮编：100013
电话：64296664（总编室）　64216278（发行部）
64296742（读者服务部）　E-mail：cfpbjb@126.com
印　　刷　河北赛文印刷有限公司
版　　次　2025 年 5 月第 1 版
印　　次　2025 年 5 月第 1 次印刷
开　　本　880mm × 1230mm　1/16
印　　张　8.75
字　　数　40 千字
定　　价　69.00 元

诗歌赋予我理想

赋予我情怀

让我张扬人生的风帆

不断努力和进取

自　序

诗　歌　之　路

整理完这部诗集，顿时轻松许多，这是岁月馈赠给我的珍贵礼物。

诗歌赋予我理想，赋予我情怀，让我张扬人生的风帆，不断努力和进取。诗歌是我青年时代的追求，中年时代的感怀，以及对于人生、人性、时代的探求和记录。诗歌伴随我走过了苍茫岁月，期间有困苦、迷茫、求索，也有幸福、快乐、觉知，幸好有诗歌相伴，使我的人生充满缤纷的色彩，寂寞而充实，知性而生动，善感而美丽。

从五四时期至 20 世纪 70 年代，白话诗经过了一段时期的发展，出现了许多优秀诗人，得到人们的广泛认可。自 80 年代朦胧诗兴起之后，诗歌进入一个新的阶段。人们对于诗歌艺术、诗歌语言、诗歌文本、诗歌理论等，具有了更加广阔的视域和认识，从而进行了各种尝试和探索，取得了较大成就。尤其是进入 21 世纪以来，当代诗人对于域外诗歌理论的实践，对于现代派诗歌艺术的借鉴，对于传统诗歌的再认识，使得各种流派层出不穷，百花齐放，蓬勃发展。

什么是诗歌？这确实是一个难以回答的问题。我们可以从《诗经》《离骚》、唐诗宋词中寻找答案，可以从五四以来尤其是当代诗潮中寻找探索的方向，也可以从西方现当代诗歌中窥视域外的诗歌状况，在这些汗牛充栋的诗歌作品和理论研究中，我们感受诗歌的发展变化，觉察诗歌理论的创新，领略诗歌世界的星辰大海。可是，要回答何为诗歌，可以说诗无达诂。就我的理解来看，诗歌是语言的艺术、形象思维的艺术、讲究规则的艺术。诗歌的语言应该精炼，表情达意，善于运用修辞，这是不言而喻的。诗歌作为一种文学体裁，不是学术论文，也不是哲学，因而要具有文学的属性，即形象思维，用形象说话，抒发情感，含蓄内敛，当然诗歌中的哲理性、思想性也是应该具备的，但是哲理性和思想性都是通过形象思维——诗歌的意境和意象来——体现的，而不是生硬地加上去的。同时，诗歌还是讲究规则的艺术，中国古代诗歌讲究平仄押韵，现代诗歌不提了，可是诗歌还是有规则的，比如诗歌的音乐性、节奏感、音韵美，任何时候都不过时。既然诗歌是语言的艺术，如果剔除汉语艺术美的要素，还称得上是语言的艺术吗？越是艺术，越要讲究规则，规则是限制，是标尺，是高度，也是最起码的门槛。

回顾我的诗歌创作之路，不禁感慨良多。我出生于山西省万荣县里望村。父亲是乡村教师，在当地教书三十余年。母亲有文化，也当过教师，由于家务繁重离开了教师岗位，回村务农。父母重视学习，对我们几个孩子有很大期盼。1983 年，我考入山西大学哲学系，课余时间喜欢文学。哥哥鼓励我写作，想方设法把报纸上的好文章、好诗歌剪下来，供我学习，几年下来积攒了厚厚的六个剪贴本。上大学前，弟弟为了让我全身心参加高考，给家里挑水，干农活，毫无怨言。他们给了我莫大的支持。大学期间，诗人潞潞和李杜创立北国诗社，我荣幸地加入了诗社，经常得到他们的指点，对我的诗歌写作起到了重要作用。当年，我还得到山西大学中文系的好友卫成印的悉心指导，他给我介绍了许多诗人的作品，开阔了我的眼界。好友张进峰、王立红等人也时常在一起切磋。所幸的是，哲学系的老师对我的创作也很支持，魏宗禹、薛勇民等良师对我多有鼓励，关心我的工作分配。让我高兴的是，诗歌对我的毕业分配起到了作用，我由于在校期间发表多首诗歌，进入出版社做了编辑。可以说，诗歌与我有缘，对我的人生道路有一定影响。

如人饮水，冷暖自知。我自从80年代写诗以来，如今已有四十余年。回忆大学时代，我在诗友们的鼓励下走上诗歌道路，那时读唐诗宋词，读朦胧诗，读莎士比亚、海涅、惠特曼、艾略特等人的诗歌，学习现代派诗歌理论，相继在《诗刊》《绿风》《星星》《诗歌报》《黄河》《山西文学》《上海文学》等报刊发表了多首诗歌。那时，文学风靡于大学校园，诗社纷纷成立，人们把诗歌当作时尚，无不谈论诗歌。诗歌燃烧了青春，燃烧了理想，燃烧了信念，温暖了火热的心灵。我们用诗歌抒发理想、壮志、心怀、情感，用诗歌描写故乡、黄土地、山河、神州，甚至把诗歌当作事业，当作人生的目标。我们在诗歌的世界里遨游，追求诗歌的艺术之美，享受诗歌的盛宴。

往事如烟，岁月如歌。诗歌成为我生活的一部分，多年来一直没有放弃。诗歌引领我进入文学世界，也让我交往了许多良师益友。人生漫漫，浮生若寄，俯仰之间，白驹过隙。令人欣喜的是，诗友们一直坚持创作，成就斐然，对我是莫大的激励。如今，新诗的发展依然面临许多课题，在传统与现代、本土与域外、理论与实践方面，都有待进行探索和创新。我依然热爱诗歌，力求有所进步，写出更好一点的作品。

收入本书的诗歌，时间跨度从2008年至2021年。这是对我诗歌生涯的阶段性总结，记录了我的诗歌写作之路，也反映了我对于诗歌的浅显认识。

本书付梓之际，感谢出版社领导和卢红丹老师的热忱关心和辛勤编校。

2025年4月8日

目 录

母亲

怀念你

不再是特定的节日

因为忙碌

因为浮世的生活

往往在过后才想起来

是在

寒冷的冬夜

月牙薄冰般浮在天上

俯仰之间

鼻子发酸

我想到了母亲

感到万般惆怅

是在

遥远的异乡

拥被而坐

毫无缘由地

双眼湿润

如果母亲活着

我要带她走遍世界

可是母亲一生

我没带她出过山西

是在那梦里

母亲一次次光临

我躺在床上

一点一点品味

有时

连梦也无法拼接

十年了

斗转星移

连红尘都老去

十年了

天人相隔

2008-1-19

离家

阳光渐渐暗淡
车窗外树木一晃而过
慢慢移动的群山
变得朦胧而缥渺

一丝忧伤
突然漫上我的心头
禁不住往远处凝视
树枝在风中摇摆
寒风中被谁的手控制

我的故乡渐远
我不能停留得太久
要去外地谋生
心里禁不住就湿了
多少年里
年年离家都怀着忧伤

我还得流浪

客居多年
每年是怀着怎样的心思
来到了异乡
每年是怎样的感觉
脚步匆匆告别故乡

夜幕降临
归鸟急急
前路尚远
思绪翩翩

2011-2-9

感怀

天高地远
何处可往
融化的积雪
枝头的衰叶
每一声低吟
都与天地相关

傍晚的高空
挂起彩色帷幕
神秘而诱惑
燃烧的落日
无极的云彩
它们曾经使我
心潮澎湃

曾经的远方

离我更加遥远

淡淡的忧伤

如沉寂的火山岩

如果有一阵风

就能熊熊燃烧

2011-12-15

抒怀

抖抖衣袂

甩掉满身尘埃

扬一扬头

把过去抛在脑后

寒风起兮

彤云蔽天遮日

望望前方

飞鸿消失云间

大路苍茫一片

衰草瑟瑟如烟

大风起兮

仰天高歌

剪掉烦恼丝

无忧无虑

放开手脚

从此解放自己

前边的日子

如一册册书页

今后的人生

由自己来书写

绘天绘地

绘出万里河山

2012-1-16 农历小年

月亮

夜风萧萧
秋高气爽
仰首时
一阵风掠过长空
带来阵阵清凉
让人神思飘飘

我看到的月亮
发黄发白
默默地注视着
四处行走的人群
那么祥和
那么安静

无论人世如何变化
无论红尘滚滚
淹没了多少思想

多少心灵在流浪

而月亮始终

带给人间慰藉

也许乌云在天

也许长夜漫漫

只要仰望夜色

月亮都那么温馨

从浩浩太空

送来深情的问候

尘世碌碌

有时候太忙

忘记了关照自己

给自己一点空闲

站在大地

仰望星空

2012-3-8

女子

乡村女子

到处漂泊

鳞次栉比的高楼

没有一席之地栖息

五光十色的城市

对于她们视而不见

蜷缩在城市的角落

如荒地的绿草

不屈地生长

被现代机器碾过

被锥子般的侮辱

刺穿仅有的自尊

流落在街头巷尾

身体被城市扭曲

青春的花朵

布满了尘埃

岁月的刻刀

把她们雕刻成怨女

十里八乡的女子

一点点被蚀空

青春只剩躯壳

这水泥制造的冷宫

这华丽装饰的恶兽

谁来吹响掘墓的号角

2012-1-18

离乡

看一眼故乡
踏上北归的路程

墨绿的麦苗
被寒霜涂抹银白
果树枝杈纵横
隐约爆出嫩芽
灰白色的衰草
顶着残雪摇曳

每个农家小院
贴着祈福对联
冷静的村巷
难觅曾经的红火
乡村被时代掖起
失去曾经的本色

荒芜的土地上

风把秸秆撕裂

铁锈色的树枝

闪烁寒冷的光芒

灰蒙蒙的天空

如一面大鼓

击打我的心扉

看一眼故乡

踏上北归的路程

2012-1-29

桃花

诗经里

出现你的倩影

唐诗中

有你的倩影

故乡的桃花

摇曳着祥云

铁色的树干

如此坚挺

横斜的树枝

盛开着花朵

把你捧在手里

藏进内心一角

2012-4-25

槐花

寻香而来
古老的槐树
嶙峋的树皮
诉说千年沧桑
如伞的树冠
撑起一片天

千百个树枝
摇曳着清风
念珠般的槐花
温馨了心脾
一簇簇一束束
盛开在五月天

丝丝芳香入怀

页页书卷销魂

站在槐树下读书

花香缭绕不绝

阵阵蝉声入耳

让我放下尘世

2012-5-3

日子

黄昏接着夜晚
夜晚接着白天
一天接着一天
日子这样
前后衔接
周而复始循环往复

回味夏夜的虫鸣
却看见落叶零落
看见落霜
发觉今夏
即将过去
才知一去不返

流淌的日子

没有一点痕迹

谁能听见地球

旋转的声音

红了樱桃绿了芭蕉

热了夏天凉了秋天

日子来了去了

无声无息

谁携带着身体

无法摆脱自己

谁站在斜阳下

眼里都是落寞

2012-8-21

关心

拂去尘埃

卸下盔甲

不再踽踽摆摆

洗尽铅华

昨日之我不再

从此后不被劳役

不再蝇营

放弃天下

一身轻松

世界不值得我挂怀

好多年好多事

痴心未改

身外之物

让我伤痕累累

带来更是伤害

欣赏秦时明月

沐浴宋词霞彩

握一把盈袖的清香

书剑飘零

留一份逍遥自在

岁月流逝

红颜不再

剩下的时间

用来关心自己

试看风雨滂湃

2012-8-24

秋风

秋风横扫
金黄的落叶
纷纷扬扬
随风远去
构成迷人的风景

因秋叶而沉思
光阴如梭
在收获的季节
竟然一无所获
一双手握不住
人生的空虚

太阳升起落下

远处如烟如云

丰硕的土地上

感到四处萧索

天涯无极秋色无限

寻寻觅觅

走不出自己的思绪

何不放下一切

何不乘秋风远行

不管不顾地往前走

冲破世俗的藩篱

奔向心中的梦想

如秋风般潇洒

如秋天般辽阔

2012-10-10

触动

风声尖锐
掠过平静的心灵
我环顾窗外
楼房静止不动
天空没有一丝云彩

这是天籁之音
这是大地的呐喊
唤醒了蛰伏的思想
从文字到文字
多么枯燥多么乏味
为什么无动于衷

气候一天天变化

我漠然相对

甚至不知不觉

树叶或金黄或腐朽

内心一角浩荡不已

表面上却心如止水

多少事一闪而逝

却没有留下痕迹

寻寻觅觅冷冷静静

心底的火在燃烧

在梦里心雄万夫

遇到高傲的自己

2012-11-1

梦呓

白昼忙于事务

为生计而活着

每天奔忙

没有收获

只有空空的躯壳

在尘世穿梭

丢失的灵魂

在梦的一角

被庸常的生活遮蔽

温习人生的夙愿

让理想燃烧自己

扔掉浮华的念头

你一定要记住

尘世终将放下

精神的轨迹

就是你的足迹

所有的繁华

不过是五光十色

2012-11-15

雪花

美丽的雪
来自浩茫的苍穹
纷纷扬扬
洋洋洒洒
无休无止飘落
在冬天流浪

飞扬在尘世
却不带一丝尘埃
如玉般洁净
如冰般清爽
洗净了寰宇
带走了魂魄

如梦般神奇

把你捧在掌心

把你披在身上

我知道此生回不去了

回不到童年

回不到纯洁

树那样挺拔

山那样无语

伫立苍茫大地

望穿秋水

只剩下扶摇的心灵

与雪飞扬

2012-12-20

漂浮

挥手之间

月色朦胧

如一片白纸飘在苍穹

透过浮云

不时露出

淡淡的忧虑

寒意抚摸发丝

蓦然间感到清冷

月亮悬在树杈上

影子斑斑驳驳

月亮升到山巅

如此的孤单又高傲

尘世尘缘

匆匆地行走

好久没有抬头

注意天空

无暇顾及天阴天晴

只是一味忙碌

月亮飘过树杈

来到广漠

跃上人家的屋脊

一夜之间红颜白首

没有顾影自盼

已经不复往日

九天之上的月亮

亘古以来

永恒照耀大地

匆匆地人们无暇自顾

忘记了月光

忘记了行走的自己

2013-1-8

踏雪

走在雪地
四周如此寂静
朔风飒飒
衣领上落满
银色雪花

孤独站在
冰天雪地
翩翩的粉蝶
忙忙碌碌
搭建童话世界

一阵风吹来
一片雪飘来
把我带回
懵懂的童年
美丽的故乡

2013-1-21

烟花

燃烧的刹那

直冲云天

声音震耳

在灰暗的苍穹

闪烁炫目光彩

广漠的天空

一簇簇烟花盛开

如天女散花

千姿百态的图案

耀眼夺目的花雨

让人仰望

让人惊羡

簇拥的人流

万众的瞩目

涌动的心潮

只因为烟花

烟花如此惊艳

却又如此短暂

即使只有一瞬

美丽却辉耀天地

比永恒更远

比记忆更久

2013-2-5 元宵次晨

云

谁能数清
天空的云朵
厚厚的云层
传来隆隆雷声
来此自然的天籁
震撼我们的心灵

激越的闪电
如银笔划破天幕
书写神奇的天文
就此躲进斗室
感受天地对话
天光频频闪现
照亮我的房间

云朵多么像

不屈的命运

飘过万水千山

逃脱不了红尘

在天地间驰骋

最后落入尘埃

2013-5-2

重复

总是叮咛自己
以后别再这样
可是一旦邀约
就不由自主

流逝的光阴
烟雾中缥缥缈缈
绞尽脑汁的算计
像轮子一样转换

多少次发誓
此生再不染指
每一次发誓
都说最后一次

2013-6-24

流光

匆匆忙忙

不经意间

一切一晃而过

再也无法寻觅

消失在时间之海

陷入茫茫的空洞

经历了许多

不断地长大

虽然是虚幻

总想挽回

常在梦中

再次经历

每一个事物

都有一个去处

试图拥有

终竟是过眼烟云

属于你的

只能剩下记忆

2013-7-17

晋南

暮春时节
一场风一场雨
百花次第零落
碧蓝的天幕下
雁阵悠闲
书写着人字

满眼的绿色
挤挤搡搡
无垠的田野
生机勃勃
一百种鸟声
回荡在天空

碧绿的麦田

卷起海浪

无边的绿色

映衬着村庄

美丽的姑娘

描绘着乡村

洁白的云朵

洗净身心

浪漫的果园

蝴蝶翩翩

我突然有了

归乡的打算

2013－5－3

命运

无休无止
背负重担
被神奇的力量
所控制
时间流逝
总是寻寻觅觅
举目四野无处逃避

崇尚
与生俱来的使命
群山起伏
攀登不止
自愿做一个苦行僧
无限的孤旅
苦行就是宿命

多少年了

给昼夜戴上镣铐

与时间一起行走

承受艰难

忍受寂寞

顶天立地的英雄

日复一日

奋力一搏

如浪花撞碎岩石

满怀信心

掀起更大的波澜

人生旅途

无穷无尽

跋涉就是证明

2013-7-23

雪

雪无边无际
像无数粉蝶
落在山沟里
落在树林里
还有窗户上
以及角角落落

这银色的精灵
飘飘摇摇
在空中舞蹈
在空中翻转
在空中追逐
赶赴一场盛会

大地多么虚幻

远山多么迷茫

雪中赶路的人儿

匆匆忙忙

深深浅浅的足迹

像一串串惊叹号

谁用无形的巨擘

推动年轮

谁负载着天地

走向未来和远方

铺天盖地的雪

让喧嚣安静

2018-1-16

重复

白天去了黑夜又来
过了一天又是一天
太阳升起转眼西下
月亮圆了缺缺了圆
四季交替不停运转
花开花谢多像预言
轮回之后又是轮回
到了岁尾又是一年

有时真为自己憋屈
怎么一切都没改变
有时真恨光阴无情
为何失去青春容颜
依旧上着同样的班
还是吃着一日三餐
多年心愿还没实现
恍然人生真如梦幻

同样的路同样的景
日复一日一再重现
同样的事同样的人
天天处理天天相见
人生苦短不过百年
没完没了难得偷闲
事业成空理想抛荒
可是内心不起波澜

朔风浩荡铺天盖地
日换星移北斗阑干
大水滔天江河泛滥
沧海桑田海枯石烂
为何每天复制自己
为何心愿不曾实现
为何夜深常常叹息
为何不去尝试改变

2018-2-9

遇见

一片落叶指向秋天
一朵云带来一场暴雨
一颗石子改变了道路
一只鸟呢喃百鸟齐鸣
一盏灯点燃另一盏灯
一颗心伤了一颗心
一个人忘不了一个人
一个人决定了一个人

一句话十年后才有回音
一个举动改变了世界
一个气息温馨了一生
一只蝴蝶带走了爱情
一只猫闪了老人的腰
一只鸟把人送上轮椅
一个女孩带走了青春
一个老师画出抛物线

一句话变成咒语

一文钱引起战争

一个眼神刺到心上

一个巴掌众叛亲离

一辆豪车直通鬼门关

一不留神隔了一重天

一帆风顺去了疯人院

一马当先掉入了陷阱

一条船好上不好下

一条路布满了荆棘

一个人被自己囚禁

一个人不认识自己

一个爱打败全部的爱

一个承诺要一生完成

一个人为何絮絮叨叨

一个人为何不知回头

2018-2-10

年

年

就这样过了

一年又一年

时光渐老鬓角染霜

暮色苍茫不再骄傲

年

就这样别了

又增了一岁

儿时的兴奋消失了

几分落寞几分无聊

年

就这样去了

这样的匆匆

旅途颠簸亲友相聚

推杯换盏梦里欢笑

年

就这样来了

戊戌继丁酉

百年人生能有几何

时间长河大浪滔滔

年

就这样活着

岁岁复年年

多少忧欢挥手而别

伫立大地春风萧萧

2018-3-11

奇迹

日子天天继续
天上没有掉馅饼
雪花没有变棉花
读了许多年书
没有找到桃源
没有见证爱情

听信了童话
没找见宝葫芦
练了多年气功
没有遇见大师
据说有灵丹妙药
没见到长生不老
没见到返老还童
世间熙熙攘攘
谁在意你的呻吟
谁为你抚平伤口

站在十字路口

千千万万的人

谁是你生命的贵人

一次次的等待

光阴白驹过隙

天地日月作证

世上没有救世主

你是命运的主人

2018-4-1

生活

一缕花香袭来
如同香薰的宋词
一阵梧桐声响
好似岁月的竖琴
惊醒唐朝汉朝
双眼眼蒙眬中
午后的阳光
飞泻高楼之上

一条路走了又走
如此漫长
每日的格子窗户
锁住雄心壮志
在书桌前
穿越秦汉唐宋
叱咤风云

当时针指向六点

小小酒杯转动乾坤

什么时候

变得如此容易满足

什么时候

放弃年少的誓言

终于与尘世和解

双脚走不出城市

目光越不过高楼

小小牌局

令人乐不思蜀

苍穹之上天涯之外

离远方更远

离尘垢更近

2018-4-4

藏

藏在静止的弦上
藏在空空的音箱里
藏在几百米的地层
不见天日
藏在云里
藏在风雨中

藏在喉咙里
藏在空气里
藏在肌肉里
藏在食物中
藏在石头里
藏在未来
藏在时间里

藏在种子里

藏在土地里

藏在花蕾中

藏在阳光中

隐藏了多少秘密

隐藏了多少能量

方寸之心

放下了整个宇宙

2018-5-1

自诫

闲下来
看看窗外
看看云彩
看看旷野
哪怕发发呆

不要看人
看了多少次
捉摸不透
隔着空气
隔着心扉

与其把心思
花在人上
不如看天看地
看花看草
看书看画

别用眼光盯人

有时寒冷

有时温暖

有时中电

有时中毒

外边的世界

辽阔无边

奥秘无限

清风明月养眼

何必看人

2018-5-10

农人

土地上生生不息
沟壑里纵横奔走
斜阳下辛苦耕耘
苍穹下心事重重
带着星光上工
披着月光回家
每天与土打交道
劳动是每日的功课

汗水洒进泥土
希望播进田园
铁锨磨出血泡
双手磨出老茧
每天低头弯腰
每天劳作不息
所有的愿望与土地有关

有过最美的憧憬
像地平线一样遥远
有过最美的梦想
一生走不出黄土地
最爱的是戏剧
看着戏剧长大
被戏剧里的故事
温暖了多少年

按照农历生活
按照节令耕作
最关心的是天气
在风中行走

在雨中奔跑

在雪中查看麦苗生长

干旱期盼甘霖

雨涝渴望天晴

爱过恨过

打过闹过

烦恼时唉声叹气

高兴时眉开眼笑

岁月刻进纵横的皱纹

没怎么就老了

没怎么开心

就过了几十年

2018-5-11

解决

对着天空
喃喃自语
捧着一块石头
辨认历史
沿着起伏的山脉
寻找纹路

咀嚼字里行间
回想每个场景
每一个细节
每一次疼痛
不言放弃
矢志不移

布置谜面

又揭开谜面

打乱魔方

又恢复原状

走进密室

扔掉钥匙

一次次地

与自己对话

与心灵交流

静止的时间里

经历大起大落

酝酿山崩海啸

2018-5-15

彼岸

给一个期许

给精神无限的遐想

去一个不可知的地方

那是彼岸

那是令人向往的乐园

盛开着幸福之花

一刻不敢耽误

在梦境里遨游

寻找钥匙

遥望彼岸

想象中的彼岸

魅力无限

闪烁着美丽的光环

用心血建筑

未来的宫殿

汗水打造泅渡的浮槎

远方的远方是彼岸

那艰难抗争的人

那奔跑不止的人

如何驱逐深夜的梦魇

茫茫时间之河

全力寻找航标

多少次怀想

多少次炼狱

带一轮月亮带一片乡情

向远方

向彼岸

你是你的神话

2018-5-19

钟声

很久以前

钟声在耳边响了

只是听不见

周围都是杂音

各种声色

让你迷恋

那么多人碰杯

为何你向隅而坐

车水马龙的闹市

难觅你的踪影

敏感的心里

只听见隔壁的声音

时间的脚步声
谁能听见
咣当的关门声
谁会在意
电闪雷鸣
你不要堵住耳朵

钟声再次敲响
你要仔细聆听
钟声绕梁三日
你要细细辨认
疾驰而行的路上
你要耳听八方

2018-5-20

王者

他的眼神
非常慈祥
他走到哪里
都带着气场
巨大的威力
令空气凝滞

既善于坚持
又善于变化
每一个动作
都能牵制对手
出其不意
让人猝不及防

他不按套路

每一次出手

都带着变数

他拼的是智力

他的诀窍是

让对手频频失误

2018-5-26

低垂

有时像一根枯枝
在风中没有声音
有时像一杆标枪
垂向无声的大地
有时像一副犁铧
静静悬挂在角落
岁月无情带走辉煌

被搁置的岁月
发出幽亮光芒
像一个生锈的铁钟
听不见生命的回声
像一把被遗弃的剑
镶嵌在日历之上
让人们指指点点

内在的潜流汹涌

无时不集聚能量

惊天动地的一瞬

像震波层层涌动

来自内部的亿万粒子

像旋风起于大地

爆发磅礴的力量

一旦璎珞飞动

飞驰天地六合

它的一举一动

摇撼整个时代

它的彪悍的身影

射向未来的岁月

一发而不可收

2018-6-1

戏中人

看懂的发笑
不能看懂的
站在台下
拼命鼓掌
却不知道幕后
多少钩心斗角

卸下戏装
擦掉脂粉
不由得伤感
台上一分钟
台下十年功
演好一场戏
需要一生

演着演着

成了主角

演得久了

成了名角

走到哪里带着戏装

走到哪里都要化装

有道是戏如人生

又道是人生如戏

2018-6-3

挖坑者

他走到哪里
都要挖坑
他的使命
就是挖坑
他挖了那么多坑
打破吉尼斯纪录

他走到哪里
都带着铁锹
他不露声色地挖着
带着慈祥的笑挖着
一边握手
一边挖坑
这真是独门绝技啊

他的铁锹

闪烁先知的光芒

他的铁锹

挖过山

挖过河

挖遍有人的地方

谁能逃过他的坑

2018-6-3

失语

莫名的疼痛
从嘴上传到神经
所有的话语
堵在喉咙
内心的世界
化作长长叹息

发炎的嗓子
带着火焰
舌头的肉泡
咬噬心灵
说还是不说
都不由自己

点头摇头

是全部语言

蹦出的每个字

都是根根刺

人人都说你

装聋作哑

为何举起火把

焚烧自己

看不开的物和事

成为身体的燃料

世界之大

为什么容不下自己

2018-6-25

神聊

他坐在神殿
念念不休
他面向苍穹
吐纳不已
每个角落
留下了回响

鸟能辨别
他的语言
云能揣摩
他的心思
唯独人不能领会
他的精髓

彩云环绕
高高的神殿
鲜花托起

雷鸣的掌声
天下的画工
都在画神

升空的彩带
隐没在云端
缥缈的大地
到处传颂神话
现在的天下
都不说人话

对着太空
露出了神笑
对着唢呐
不断地吹气
他站在云上
他已经飞升

2018-7-29

火焰

旋转的火焰
扭曲攀升向天
它散发着热浪
弥漫在大气中
呛得人喘息不已

蚀骨的烧灼
浸入寂寞的心灵
目光里的火焰更加浓烈
空气里毕毕剥剥
遥远缥缈的星辰
它多少年挂在天幕中
就焚烧了多少年

灯冷人稀的时候
你不要停止燃烧
你不要目光暗淡

向着有光的地方走

继续寻找心中的火种

只要向前走

就离太远更近

只要心中充满希望

就有雷电为你洗礼

你的天空就有火烧云

照亮远方的道路

怎么能没有光芒

怎么能心如古井

走到原野上走得更远

在坚硬的岩石里

在阴暗的地脉深处

到处都有火种

星火必定燎原

2018-8-18

未知

手里捧着玫瑰
祝福每个日子
把美好的憧憬
镶嵌到未知的岁月
把迷人的梦想
投射到不远的将来

明天是未知的
你也是未知的
别人的所作所为
你无法提前预知
你的一切努力
并非如你所愿

只有经历风雨
你才能渐渐想开
生活深奥复杂

世上万物的变化
也许能认识和预知
只有生活捉摸不透

善良不通向善良
愿望不等于现实
不要放弃自己的防线
不要拆掉所有的栅栏
因为豺狼和狐狸
也是上天创造的物种

在眼花缭乱的世上
谁能拥有一双慧眼
辨别小人和贵人
辨别馅饼和陷阱
人是最难认识的
人是最善变化的

喜爱的人换了面孔

聚在一起的人散去

厌恶的人突然消失

理想变得无足轻重

聚散来去本来如此

或者轮回或者告别

热闹的世界总是

充满着不确定性

时间的河流之上

谁知道遇到什么风浪

命运的手掌布满暗纹

只能边走边看

2018-8-28

自带的光

他出现时
熠熠生辉的光芒
闪耀大地
惊艳众生

聚集的乌云
遮不住太阳
夜幕笼罩的山脉
挡不住灯光

所有的黑暗
让光更耀眼
自内而外的光
是一生的修行

2018-9-9

来去

你来了

有你的使命

你去了

有你的理由

我不欢迎

也不排斥

我不生气

也不烦恼

我像往常一样

什么都没发生

你站立的地方

是你的家园

你伸出的手臂

是你的王国

你的所作所为

是你的意志

那些伤口

绽放岁月的花蕾

那些疼痛

隐藏时间的秘密

那些颠倒

都是循环的因果

太阳出来

露水就干了

春天来了

鲜花就开了

狂风过后

就是湛蓝的天空

我欣赏

那隐秘的一切

我享受

开始和结局

我俯瞰着万物

一切都是成长

2018-10-1

视力

有时闭上眼睛
当一次盲人
因为不该看见
因为五色皆空

盲人的眼里
都是一种颜色
黑暗的世界
也许更加纯粹

通过语言
打不开心扉
看见万物
看不清世界

那么多镜子

照不见人心

那么多眼镜

让我无所适从

2018-10-2

马车

驾一辆马车
装满了红豆
和新鲜荔枝
鸿雁在白云之上
频频舒展双翼
吟唱美丽歌谣

春蚕丝的车篷
紫檀木的车厢
金丝璎珞轻轻飘荡
驷马高高扬头
嘶鸣直冲霄汉
秋天风景如画

轻轻抚弄古琴

悠然地望着天

平沙落雁的情景

使人一次次心动

一曲梅花三弄

令人情不自禁

马车奔驰不已

带着一川烟雨

沉甸甸的行囊

藏着满腹心思

一生的执着

让我马不停蹄

2018-10-27

告别

站在月下
对着纯净的水潭
对着古老的铜鉴
端详五官
这还不够
还要沐浴焚香

水潭里映着天地
镜子里藏着日月
带着锈迹的铜镜
记录了人间兴衰
穿过历史的云烟
照亮了多少智者

眼底的湖水

染了岁月的尘埃

鬓角不觉

添上白霜

你轻轻地叹息

不再豪气干云

修剪好指甲

换上了新装

带着红尘沧桑

不再回头

太阳如镜月亮如镜

与你一起启程

2018-10-30

玉音

漫长无解的岁月
多少次回眸
多少次顾盼
久久地伫立
黄昏里的背影
诉尽人间沧桑

当秋风吹动潭水
凤凰栖息于梧桐
踏着满地红叶
云彩为你护驾
寻觅白白莲藕
沐浴晨风玉露

读了多少琴书

练了多少指法

清泉中洗耳凝神

莫如超逸红尘

莫如登高领略

倾听那高山流水

站在秋天深处

抬手轻轻抚弄

兰麝一般的气息

颤动不已的空气

一把好琴

拨动人间的玉音

2018-11-3

显摆

什么都藏不住
什么都写在脸上
这么强的表现欲
顶多是个演员
一旦洗掉脂粉
一旦卸下戏装
让人百般挑剔

没有灌辣椒水
不等上老虎凳
就迫不及待招了
没有自己的边界
没有自己的底线
全是虚荣心
最让俗人嫉恨

这么小的容器

怎么担当大业

没有自己的秘密

如何立身处世

不动声色才有底蕴

不声不响能成大事

天地无言承载万物

2019-2-17 于存养斋

窥视

看见精微的原子

看不清人

看到遥远的星辰

看不清路

放大瞳孔

看不到事情的结局

戴上墨镜

看到的是黑色

沉醉于哈哈镜

万物发生变形

照妖镜里

除了人就是妖

月光扯起幛幔

雾气模糊双眼

放下所有的镜子

突然看到了内心

2019-3-2 于存养斋

空想

他发誓遨游天下

神情那么坚毅

他想做苦行者

一定要去远方

他把背影留下

谁能猜透未来

他喜欢读神话

不屑攘攘尘世

他谈论瀛洲蓬莱

他书写昆仑仙山

奢望天外之天

笃信皆有可能

站在云端遐想

站在风口唱歌

梦想一匹骏马

驰骋辽阔大地

每当黄昏姗姗来临

脸上都是落日忧伤

2019-3-12 于南华门

戏水

游在水中的鱼
看着虾兵蟹将
纷纷挤进龙宫
它煽动鱼鳍离开
一会儿潜入水底
一会儿飞跃升空

它定定地悬浮
欣赏神秘的水文
它在急流中飞奔
搅动水中的植物
它闲观逝水的样子
多么像个哲人

2019-3-31

气息

在尘世上空飞扬
化作云
滋润凝固的空气
化作风
吹过每个人的嘴角
推开一个一个心扉

唇齿的闭合中
文字闪耀迸溅
缠绕的气息
化作一个一个符咒
欢快的木偶
被各种线条掌控

那迷人的气息

让人如醉如痴

恍如浑浊的雾霾

恍如迷漫的醇酿

在人世间飘荡

在尘埃中飞落

2019-4-2

道人

他摇摇晃晃走来
左一步右一步
天在旋地在转
有洁癖的人
赶紧戴上了口罩
小孩子指指点点
远远躲开了

他语无伦次说话
像诵读天书
谁也听不明白
他醒来也忘记了
他步子来回蹀躞
一会儿躺地上
一会儿指着天

他爬到古槐上

跳着舞步摘星星

他提起瓶子砸月亮

他的嘴唇像个漏斗

不断地张合

他抱着粗大的树

拒绝了所有的人

这时一道天光

撕裂了夜幕

这时一阵风吹来

他的眼睛发黑

他一头栽倒了

从此他瘸着腿走路

从此他歪着嘴布道

2019-4-15

加持

不要怜悯瘸子
扔掉他的拐杖
前边的路还长
谁能永远陪伴
让道路泥泞些吧
自己的路自己走

让结巴当众演讲
所有的掌声
如果是嘲笑
就勇敢面对
不愿意一辈子结巴
那么就开口讲话

没手的人绣花

没胳膊的人写书法

没腿的人登上泰山

多点愿力

多点心力

吾身即是道场

2019-4-17

无限

明知还很遥远

甚至分外渺茫

何必絮絮叨叨

更不要用那种眼神

什么也不藏着

让人心堤破防

大雁从远方来

春天花儿又开

该耕作的耕作

该谋生的谋生

空荡荡的大地

谁在乎美丽的孤独

把自己的背影

铺满辽阔的大地

深邃的目光

燃烧着火星

仰望远方的姿势

成为时代的缩影

2019-4-21 于存养斋

天书

天何言哉
天高地远
多次仰望星空
辨识浩浩天文
恨不得乘风而上
追随太阳的銮驾

棉絮似的云朵
像厚厚的天书
万张阳光的箭镞
射穿霓虹的密码
高高在上的人
金口一开一合

思想的飓风

洗净心灵的天空

让所有的承诺

不再变为咒语

在夜深人静的高楼

月光照进金色梦境

抛弃沉重的行囊

只带着天书出发

密密麻麻的字里行间

有美丽的天界

张开双臂迎接

幸福的糖衣炮弹

2019-4-30

诱惑

如果是雷霆
让它天空炸响
如果是闪电
让它劈天裂地

面对高空悬崖
如鹰展开翅膀
丈量世道的深浅
千万人不可阻挡

2019-5-13

沟壑

世间的沟壑
像童蒙文字
充满人生旅途
布道者站在沟里
背后的旗帜飘扬

无数诱人的手臂
牵动律动的心灵
梦幻的步伐响彻深谷
多少次坎坷
通向远方天梯

如果是雷霆
让它在天空炸裂
如果是闪电
就让它劈裂天地
拉开最美的裂缝

执着登上悬崖

如鹰展开翅膀

勇敢纵深飞跃

丈量世道的深浅

千万人不可阻挡

2019-5-13

心游

心里的无数触须

感受世间万物

梦里的紫色神骏

走遍天涯海角

何处是栖息之地

依然在四处流浪

奔忙在无限之路

终究为无限而生

昼夜交替之间

万朵星辰盛开

万道彩霞掩映宫殿

你被灵魂俘获

身体是尘世的位置

双足是人生的半径

走遍千山万水

走不出心牢

虽曾经丈量天地

你不过栖息一庐

目光开合刹那

方寸之心有宇宙之广

乘着光速远行

何时才能抵达黑洞

凤翔于万仞之上

一生都风尘仆仆

2019-5-23

耕犁

鸟儿在树上鸣叫
毫不停息
它的叫声亢奋
它的叫声悦耳
彩霞的篷车来临
带着犁铧去远方

这肥沃无垠的大地
让人只能翘臀伏腰
终生耕耘不止
土地布满垄沟
充满原始符号
多少种子暗暗发芽

凉风吹不走燥热

汗水浸泡的田野

让心灵变空身体脱水

只有风那么轻盈

在鸟儿的鸣叫中

把消息传递到每个角落

万虫展开歌喉

植物拔节的声音

犁铧尖亮的寒光

它们被谁操纵

打开土地最黑的皮肤

把所有的梦深深掩藏

2019-5-25

相遇

必须走在路上

才能相遇

必须碰撞或者交锋

才能相遇

必须打开栅栏

才能进入方便之门

石头与石头相遇

还是石头

石头与斧头相遇

闪烁绮丽的火星

石头与烈火相遇

冶炼贵重的金属

只有相遇

才能脱胎换骨

只有相遇

才能焕发光彩

薪与火相遇

燃烧不已

云与雷相遇

闪电照亮天宇

种子与土地相遇

焕发勃勃生机

荆棘还给镰刀

森林还给野兽

苍天还给雄鹰

命运还给磨难

思想还给自由

梦想还给远方

人生交给未来

不能停息的是河流

不能限定的是心灵

只有走出才能相遇

只有烈火才见真金

只有磨砺才能坚韧

只有交锋才能成长

2019-5-26

仗棍

他如标枪站着

目光看着远方

他喜欢棍子

在勃发的青春岁月

购置桃木松木檀木

还有铁棍钢棍

挺着棍子前行

他言必称棍

棍不离手

曾经练过许多棍法

想成为棍王

挽起棍花如同莲花

藏在一片光晕之中

打压戳劈抹扫穿撩

他练习护身之术

舞棍旋转乾坤

走过多少夜路

陷入多少阵法

他苦苦地练气

送走朝阳夕阳

渐渐有风雷之声

他打通任督二脉

吸纳了天地精华

每当晨风吹拂

每当星辰漫天

端详着古铜的棍子

抚摸劳苦功高的棍子

在梦中乘着棍子凌云

2019-7-24

回归

以一千种方式
欣赏自我
以一万种颂诗
献给迷茫的自己
侧耳聆听
传来天籁

寻寻觅觅
太久太久
眉高眼低
小心翼翼
想在别人的眼里
活得灿烂无比

从今天开始

不关心世界

我就是宇宙

让内心的快乐

滋养自我

点燃生命

2019-7-27 于存养斋

他

他是郁闷的火山
积蓄了太多能量
他是燃烧的岩浆
愿化为灰烬
他是黎明的太阳
将喷薄而出

他像一支箭
射向远方
他是一只雄鹰
突破地壳束缚
他矫健的身影
成为红尘风景

他是绝壁的青松

岁寒而不凋谢

他是一只斧子

深深砍入岩石

他是一条河流

命定向前奔腾

他是天上的水

期待风云际会

他是激烈的雷

敲响进军的战鼓

他是一道闪电

撕开天地的缝隙

2019-8-1 于南华门

花儿

幽谷盛开的花
既骄傲又落寞
远离尘世的喧嚣
自由自在地开放
云朵洒下甘露
风声弹奏琴音

不必美妙的文字
不要园丁的殷勤
旭日披上霞帔
月光写满诗意
蜜蜂飞上花蕊
想做花海君王

多少唐诗宋词

在花卉间徜徉

多少愁人的魂魄

在花丛中轮回

多少英雄落寞

江山多么孤寂

2019-8-16 于南华门

一朵云

它滞留在窗外
久久不曾离开
许多云已散去
仍然漂泊不归
它俯瞰天下
谁将是它的真命

如水的眸子
眺望无垠苍穹
孤傲的倩影
徘徊圣洁天庭
美丽的銮驾
等待高超的驭手

期待邂逅

与另一朵云碰撞

期待热烈

化作幸福的甘霖

挥舞彩虹

撩动旅人的愁绪

虽然静静不动

一旦天地变色

必将乘风而翔

虽然沉默无语

一旦风云际会

化作雷霆天钟

2019-8-31 于存养斋

谁谁

谁带你上了船
那个人哪里去了
谁使用定身法
让你不由自主
苦苦守着沙滩
拒绝迷人的大海

经历了千辛万苦
为何选择独木桥
黄金岁月流逝
却从不愿反省
触手可及的彼岸
回首时那么遥远

云彩让人做梦

春风让人逍遥

为什么丢失了云彩

为什么每一场春风

让你后悔不迭

让你怀疑人生

在秋天

对着云中鸿鹄说话

对着天上明月自语

推倒心中的藩篱

放下所有的绳索

发誓要远走他乡

2019-9-1 于存养斋

神曲

一说就忘的盟誓
哄人哄天的神曲
在空气中流传
金乌坠落西山
玉镜挂在天空
红口白牙翕动不已

峨冠博带的人
纷纷戴上面具
冠冕堂皇的人
举着高音喇叭
普天之下的众生
争着去当演员

月亮扭过身子

夜里都是黑幕

锣鼓再响亮些啊

音响再高一点吧

你看天下的人

纷纷粉墨登场

2019-9-2 于南华门

叫门

一生做一件事
唤醒做梦的人
灯光亮在天角
沐着白露带着魂痕
为何不罢不休
为何一直敲门

雨声淅淅沥沥
却道秋凉阵阵
摘掉肩上冠帔
面对神秘的幔帷
不叫醒整个世界
而只叫醒一个人

那重重的墙壁

隐藏在梧桐深处

那沉重的心门

镶满坚固的铆钉

雨丝穿过大地

穿不过一扇门

纵然喉咙嘶哑

只能捶打自身

走过千山万水

怎能越过心坎

那扇咫尺天涯的门

钥匙已经换了主人

2019-9-15 于存养斋

神话

拆毁了庙

神却住进心里

不信神的人

声声离不开神

世上没有神仙

每天却在说神

拆庙的人

又建起殿堂

不信神的人

希望成神

把画像放进去

供人膜拜

庙拆了建

建了又拆

泥涂上金就变成神

那些进庙

烧香的人

都是拆庙的人

2019-9-16 于南华门

变形

何时到达塔顶
一次又一次
他正在变形
经过多少次挤压
经过多少次切割
已经能屈能伸

头上是别人的鞋
脚下是别人的头
万物只是称谓
万类各有运数
人梯忽高忽低
数尽风流人物

站在金字塔顶

脚下全是人

各种各样的面庞

写满渴望的虔诚

原野上的向日葵

闪耀欲望的光芒

俯视塔下万物

就像无数蝼蚁

只要吹一口气

就会飞起跌落

他拿起一支笔

悲悯地望着大地

2019-9-18 于存养斋

盈握

忘我忘形不言放弃

扭曲飞旋变形幻化

打开璀璨的瞬间

多少事转头成空

沉溺分分秒秒

如同滋养万物的神

全息感受

用四肢用心灵用细胞

怒放的花朵香溢神州

丰硕的果实转眼腐烂

没有永恒

只有瞬间的绽放开裂

横陈的枯枝败叶

已经被秋天收走

甘美的花朵枯萎于残夜

嘶哑龟裂的声色

曾经如此圆润芬芳

曾经让人失魂落魄

多少不舍生于瞬间

多少悔恨只为过往

摘来云霞品尝香茗

椒香薰帷手挥莫邪

沉入极美极醉极乐极致

朝夕销魂盈握万有

2019-9-20 于存养斋

飘飘

穿过人群

穿越深深庭院

没有留下任何痕迹

像风一样干干净净

廓然无形

像一个无关的幽灵

对着深夜念念有词

对着月亮许下承诺

攥着空空的两手

像铁锈的秤锤

挂不住任何重物

不如一个标签

向着远方舞蹈

携带身体离开大地

殚精竭虑

与天空谈心

智慧献给太平洋

魂魄萦绕南极洲

惊雷炸不醒梦魅

风云推不开心扉

不闻人间烟火

飘飘然循循然

多少年沉湎在云中

无限风光都是悬崖

2019-9-29 于南华门

挣脱

俯首而昂首

喟叹而长啸

今日隔着昨日

明日连着未来

如何跨越鸿沟

超越千变万化

忽上忽下的手

伸展弯曲

一张一翕的嘴

时有电闪雷鸣

安静的斗室之内

时有祥云紫气

感觉走了很远

回首还在原地

每天劳劳碌碌

何日走出心界

风霜染上双鬓

何日才能蝶变

2019-10-1 于存养斋

皮相

那熠熠闪烁的光

将渐渐暗淡

或者变为煞气

在时光的坐标上

成为回眸的过往

或者永伤

岁月的刻刀

割伤了记忆

多少美好成为丑陋

多少人不堪过往

谁能逆向生长

留住惊鸿一瞥

那变幻的皮相

日积月累的修炼

外在的镜子映现了

扭曲和纠结的生活

唯有由内而外的光

照亮岁月

多少个棱镜

折射日月的纹路

多少个瞬间

出现在合照之中

放弃一切局促

从此干干净净

2019-10-21 于南华门

心疫

那个攥着铁拳的人
伸出长长的橄榄枝
洒下甜蜜雨露
遨游幸福之海
浑身带着恩泽
编织明天图景

你沉醉在梦魇里
张开一致的口型
保持同样的脉搏
你激动地站了起来
把肝胆亮出来
把心掏出来了

这个赤子之心的人

甚至没有机会后悔

他真正发现

这个世界上

无处不是密密网络

他终于尝到了厉害

2020-2-7 于怡馨听风斋

石头

打开密致的石缝
看到勃发的种子
大胆地做一场梦
石头是我的宫殿

星光照耀着石床
月钩荡漾着摇篮
一万年沉睡的石头
曾记否前世的燃烧

把歌谱刻进石头
把心事说给石头
只有石头不会传话
守着石头日出日落

2020-5-2 于晋之南

修行

他走到哪里
都带着剪刀

他挥动剪刀
修剪日子
不断舍弃自身
撒下残叶断枝
他双腿蹒跚
可是眼里有光

他修剪羽毛

飞到青云之上

他坐在石头上

寻找时光痕迹

岁月的无情剪

使他添上白霜

他义无反顾地前行

带着剪刀昼夜不舍

2020-6-28 于存养斋

磨砺

你早该逃离
腐烂的温柔之乡
春花秋月的楼阁
无法安放梦想
月钩高悬的日子
成为最终的羁绊

长虹挥舞雷电
劈开昆仑之山
狂风掠过高原
卷走缥缈的云朵
旷远的呐喊
在整个世界呼啸

寻觅一块石头

磨砺锈蚀的意志

勒紧岁月的缰绳

飞上奔腾的骐骥

在时间的熔炉中

化作飞翔的宝剑

2020-7-13 于河东

不盈

像空谷一样

不曾追求盈满

像天空一样

如此浩瀚深邃

那含敛光耀的

虽然遥不可及

却依旧光芒万丈

大地滋养身体

五光十色炫目迷心

形形色色的奔走

如同飞扬的尘埃

反观身体的深处

反观疲惫的容颜

染了多少风霜

阳光的金芒

打磨时间雕刻万物

五谷杂粮瓜果菜蔬

化作身体的模样

滋长出物欲色欲

人心无尽人欲无穷

如何超尘脱俗

用慧剑斩断尘丝

用熔炉冶炼欲念

飘飘于万物之间

与天地同游

与万物归元

如渊之深如谷之空

元气绵绵无盈无竭

2020-7-25

蛙鸣

同时仰着脖子
口型规范一致
声音穿过大地
越过江河湖泊

捏住喉咙的蛙
纷纷传声不休
世界都是蛙声
天地都是同声

庙宇上的鸱吻
俯瞰天下四方
鹰隼目光炯炯
巡游东西南北

天籁已经消失

蛙声嘶鸣如雷

内心惊涛骇浪

如今心如古井

2020-9-18 于河津

觉醒

游戏早已开始
齿轮紧致转动
制定规则的人离场
声浪席卷每个角落
五光十色眼花缭乱
喧嚣尘世从此不安

在荒原上指点江山
在悬崖边反驳规则
在竹简中臧否人物
雷电听不见你的声音
机器轰鸣金属碰撞
履带无情碾过大地

月下抚摸满身伤痕
书房明亮念念叨叨
你的慈悲谁能听懂
遍地鸟语谁闻人声
砖头满天难见圣者
俯瞰大地一片虚空

沧浪濯缨沧浪濯足
众人皆醉梦境美好
云端传递缥缈的素简
江湖传闻各种轶事
走出心牢卸下盔甲
广阔天地游戏人生

2020-9-26 于存养斋

金秋

万物站在天地间
听任时间的梳理
曾经风雨如晦
曾经雷电掠空
马车飞奔田野
大雁排成一字飞翔
穿过彩虹穿越云端

露珠打湿苍苍秸秆
犹如时间一样苍白
寒霜在凌晨来临
给大地披上银纱
粮食已经归仓
树叶摇曳絮语
像弹奏缠绵的情歌

站在屋檐下眺望
隐入夜色中遐想
望穿秋水盼望归人
翻阅经书心潮乍涌
在秋天好好静静
像云在天空遨游
像落叶带走梦想

卸下劳动的重轭
走过一个个村庄
该归仓的已经归仓
该放下的已经放下
坐在树下云聚云散
品味香茗烂柯忘忧
天高云淡神思飞扬

2020-10-15 于上官巷

秋天

很少看见雁阵
它嫌弃了嘈杂
雄鹰飞往何处
谁知道它的去向
寒露已经来临
你要添加衣裳

闪烁的镰刀
在谷地游走
滚滚的车轮
满载着嘉禾
该收割的已经收割
大地上只剩下秸根

归于大地的

化为泥土

归于空灵的

被风带走

只有麻雀叽叽喳喳

好像读一篇篇课文

2020-10-17 于存养斋

幽会

设置了多少情节
在某种场合邂逅
在灯下翻来覆去
试图开门又关门
奢想无数个美梦
却在天亮无影无踪

曾记得萋萋芳草
难觅淡绿的罗裙
心仪的彤管遗失千年
城南之隅已面目全非
没有栏杆可以拍遍
只有斜阳灿烂如旧

花园听不见虫鸣

楼台不同于往昔

走进宋词又走出

寻觅帘幕无穷处

何处还有芙蓉峨眉

何处可听笛声悠扬

一条幽径抵达心扉

一首歌诗通向永恒

从前的云烟已成追忆

海枯石烂只留在书册

传说千年的幽会

只留下幽影幢幢

2020-11-1 于存养斋

沐浴

栖息水中
自在遨游
光线穿过水面
闪烁无数幻身
从涌泉贯通神经
沉浸在漫漫虚空

弱水三千
何处觅得一瓢
在水中
看见溪流泉水
看见江河湖泊
洗净心宇尘埃

涟漪涌动延伸

身体浮浮沉沉

无数个幻身叠加

在水里分辨不清

恍惚中茫然

忘却了自己

在尘世行走

在水中出入

自带尘垢之身

何能洁净如雪

穿过重重帘幕

日日沐浴身心

2021-1-4 于上官巷

出发

喝一杯忘情水

远离诱惑

强忍食欲

享受饥饿的快感

清空身体

幻生幻灭的杂念

风声抑扬顿挫

奏响了序曲

浮云化作鲲鹏

在天地间驰骋

眺望远方

如此虚幻

不要让阴霾

占据天空

不要让执念

遮蔽双眼

我跟随自己

从此浪迹天涯

2021-1-18 于上官巷

暗火

在身体深处藏着
遭遇一次次邂逅
像落叶遇见星火
像春草遇见春风
发出隐秘的声音
一次次蹿出心房

藏得很深的猛兽
在角落蠢蠢欲动
人生的部分不归世界
只面对自己
那无名的执念
用来燃烧自我

用扫帚一遍遍清扫

用甘泉一次次洗涤

那残余的灰烬中

藏匿了多少火苗

用一生的修行

熄灭隐秘的暗火

2021-2-22 于存养斋

光芒

烟花绽放长夜
点燃无边黑暗
化为灰烬复归尘埃
烟花多么耀眼
最终毁于光芒

世界充满诱惑
我不屑于光芒四射
所有的光生于黑暗
飞蛾向光而飞
火焰亮出魔掌

不为飞蛾唱歌
不愿点燃烟花
多少烟花化为灰烬
我知道所有的光耀
在黑暗中诱惑众生

2021-3-22 于上官巷

解咒

日夜不停地奔走
回头发现兜圈子
夸父追日不停息
最终被光芒吞噬
每天忙忙碌碌
走不出时间的网

月下的多次许诺
消失于夜的深处
钩织锦丝的春蚕
陷入了无边的窠臼
花尽多少心力
种下了无花果

谁画出漫天星辰

又制作了紧身扣

那一个个咒语

来自外界来自内心

天赐的灵魂和肉体

一生都在网中挣扎

2021-4-15 于上官巷

冶容

她坐在天河之上
美丽的霞帔从云霄
拖曳到苍茫大地
她每天都在试妆
天河的水飘着芳香
彩虹流淌无尽脂粉

炉火熊熊永恒燃烧
贯注宇宙全部能量
无数工匠日夜劳作
他们一刻不敢耽误
炼制长生不老金丹
打造最迷人的妙药

千姿百态的服饰

包裹着一个空身

一层又一层脂粉

看不见她的真容

她生在天上和仙山

她化为面具和传说

2021-5-3 于存养斋

隐形

他默默扭转脚步
远离光芒之下
他已经预知下场
预见谢幕之后
他去寻找桃源
放弃与人游戏

那些占据舞台的人
被剧情牢牢控制
为了表演和表白
声嘶力竭争先恐后
不断变形的身体
始终与灵魂搏斗

喧嚣的场面过后

万物终究复归宁静

看见风雨涤荡寰宇

落英缤纷零落尘泥

大地上空空荡荡

他终于成为自己

2021-5-5 于存养斋

过来

谁不是一步步走过来
人类不是飞鸟
千山万水只能自己走
用脚步丈量你的版图
一身的征尘为你注解
夜晚星辰是你的文字

走过了才能称过来人
沐浴了风霜雨雪
才看到四季风景
经过了人山人海
能练就一双慧眼
没有走过不是你的路

站在万众瞩目的峰巅

哪一个不是披荆斩棘

吃过的苦受过的罪

最终化作绝壁天桥

千里迢迢好自为之

人生必须用脚步走过

2021-5-12 于存养斋

远远

人的一生何其远
永远看不清明天
蹚过多少河流
不知与那条河交流
越过多少高山
不知哪里曾是仙乡

远远地看着
那些枝繁叶茂
那些花开花落
有时窃喜有时伤怀
虽然明知道
永远是别处的风景

怦然心动的魅力

谁知一转身的容颜

滚烫灼人的蜜语

怎能想象其中甘苦

看到的只是看到

何况你只能远观

远远地远远地

所关注的那么遥远

甚至一生无法接近

甚至一生都是梦寐

为何还要痴痴伫立

甘愿做别人的影子

2021-8-7 于存养斋

过去

来来往往的人
有的曾经出现
那是缘分
有的就此消失
成为过客
相忘于江湖

来来往往的人
你不知道
哪些人是过去
哪些人是现在
也许在别人的眼里
你是过客

有的人活在现在

有的人活在过去

过去的是流年

过不去的是心坎

你一直往前走

走过去就是未来

2021-8-15 于存养斋

天镇

古老的长城
难以承载闲愁
遍布的烽燧
都是千年往事

名叫十九墩的山村
溪水来来去去
头上的白云
不知去往何方

把从前的烟火抖落
让天收走它们
离开天镇之际
我已无牵无挂

2021-10-1 于存养斋

自画像

那些年
你游走四方
最奢侈的是
拥有把大把的时间
可以挥霍
可以说明天

你喜欢唱歌
那些唱歌的人
大多是流浪者
你去过远方
把没去过的地方
叫作梦想

在梦里

穿越无尽的时空

与过去幽会

与今天告别

你浪迹天涯

何时有归宿

2021-8-15 于存养斋

附体

常常怀疑眼里
是否都是幻象
我时而漂游不已
我时而闭目而坐
魂魄却飞到别地

我张合的嘴唇
好像只是传声
为什么弓腰驼背
那不是我的本来
眼睛映照的是别人

我常常破防
城头插满旗幡
衣服里装着自己
有时也装着别人
一旦凝神屏气
分明什么附体

2021-9-18 于上官巷

秋

秋风掀起帷幕
庄稼熟了
玉米闪着金光
高粱举着火炬
枝头缀满果实
大地一片祥和

秋天不是忧愁
不是梧桐秋雨
那一弯月钩
挂着喜悦的憧憬
云里藏着銮驾
正从梦里经过

月轮飞过窗口

牵动一夜思绪

大雁飞过苍穹

匆匆赶往远方

秋风变冷天气渐寒

季节昼夜兼程

2021-10-19 于上官巷

落叶

秋天一望无际
落叶要飘向何方
离开繁茂的树枝
在空中自舞自蹈
多像散乱的文字
谁能读懂你的语言

撩开秋天的面纱
有多少秋叶飘舞
它们的魂魄
在努力抗争
时而扭曲时而翻滚
东西南北居无定所

一场秋风

就能改变命运

一场秋雨

就能毁掉梦想

有时扶摇飞上天空

有时趔趄落到地上

2021-10-21 于存养斋

时日

多少次自舞自蹈
陷落于五音五色
蓦然感到空空荡荡
那是一段
天高地厚的日子
青春如火的豪情

曾经用自我
对付所有的矜持
曾经用虚构
设想无数种未来
你的思想
就是你的世界

撩开层叠的尘埃

探秘人世的秘密

给万物贴上美丽标签

在烟火漫卷的地方

燃起一簇簇火苗

照亮漫长的旅途

2021-10-22 于存养斋

以为

曾以为不该来的不来
只要刻意自律
曾以为永远年少
白霜却染了双鬓
曾昼夜念念有词
冥想做自己的王

你可以抵挡魅惑
怎么能抵挡身体
一片金黄的落叶
就击中敏感的心灵
一朵燃烧的云彩
又让你骚动不安

该上门的总要上门

就像时间的脚步

当听到心跳的敲门声

何妨虚席以待

当秋风铺天盖地

就准备御风而行

2021-10-26 于存养斋

通灵

回想从前
没有太大变化
五谷杂粮
带着烟火气
行走坐卧
偏离了灵魂

忙忙碌碌
浮沉不已
时光匆匆
还在路上
渴望的幸福
与今天无关

擦亮眼睛

冲破铁网

唤醒梦想

寻觅灵魂的按钮

对着天空歌唱

向着远方出发

2021-10-29 于存养斋

跑步

曙光拉开天幕
百鸟引颈献歌
大地伸出巨臂
托起奔跑的双脚
弹起又落下
如同跳动的音符

张开双臂
与飒飒秋风共舞
蠕动胯部
激发身体的原力
唤醒每一个细胞
如同唤醒万年星球

身体渐渐变轻

仿佛大气带着漂移

卸掉地球引力

灵魂在前边带路

阳光注满丹田

自我在大地飞翔

2021-10-31 于存养斋

消毒

看不见的微粒
弥漫于寰宇
懵懂的闪念
打开一扇城门
呼吸吐纳之间
隐藏三千劫数

阳光下的室内
尘埃癫狂飞舞
美妙奇幻的图景
令人遐想无限
精微的暗物质
在大地上穿梭

奢望百毒不侵

却迎风咳嗽

练就金刚之身

却肩周发炎

顶天立地的人

需要时时消毒

2021-10-31 于上官巷

自律

战胜那个小人

那个卑微的人

那个懒惰的人

那个拖延的人

那个怯懦的人

那个为所欲为的人

还有那个让你虚荣

让你自卑

让你侥幸

让你产生快感

让你放纵自己

藏在身体里的魔鬼

倾听内心的声音

发现真正的自我

邂逅隐秘的灵魂

要做最好的自己

极度自律雷厉风行

成为自己的主人

2021-10-20 于存养斋

纠结

经天纬地的人

低到尘埃里

默默一言不发

不再心潮澎湃

静静坐在角落

闲看风起云涌

悄然回头转身

从喧嚣中退出

把天下放在一边

闭嘴不谈世事

万物春种秋收

从此关心农事

胸中的惊涛骇浪

化作明月秋风

心中的凌云志

化作一枚书签

沐浴焚香闲云野鹤

此生何妨坐拥书城

2021-10-22 于上官巷

深秋

又是深秋

一片落叶昭示季节

一朵浮云也许把我

带到别处

如果你抬抬头

天下风云际会

落英缤纷

轻轻转身

像梦境一样美妙

秋风四起

就像往事一样

席卷整个寰宇

大雁张开翅膀

留下匆匆啼鸣

那眺望远方的人

独自伫立大地

而不羁的心灵

在飘金的世界飞翔

2021-10-23 于存养斋

轻飏

节制饮食
做个苦行僧
燃烧脂肪
把身体变轻
像仙人飘然
像隐士逍遥

你要开心
抽取烦恼丝
你要超然
斩断名利索
这些世俗
让我们沉重

抖落尘埃

放下包袱

再次昂起头颅

神游广宇

以诗书为翼

像风一样轻飏

2021-11-12 于上官巷

跑步二

吸纳宇宙能量
把自己交给时空
朝着霞光奔跑
丹田升起红日
脚抚大地之琴
奏响身体的旋律

激活每个细胞
像莲花一样张开
运动中享受疲惫
疲惫中感受解脱
打开所有桎梏
面向前方跑向自我

一呼一吸体会天道

一伸一蹬演绎阴阳

大气托着身体

长风吹动衣袂

我带着我奔跑

灵魂带着我飞跃

2021-11-15 于上官巷

当下

所有的焦虑
萌发于无数念头
它们当下纷纷扰扰
入侵了身体
让每一寸肌肤
承受地狱之苦

无数个假我
藏在每个念头之中
在晨昏中集合
在某个瞬间围攻
掐断了幸福
填塞了甘泉

假我藏在所有的

不良情绪中

彼岸远在天涯

回头却在身边

我向着真我飞跑

越过重重关隘

2021-11-21 于兴县

反观

深藏体内的我
沦陷层层藩篱
阻隔于情绪之内
生活在念念之中
扮演无数角色
从来不是真我

每次与人相逢
我辨别不出自己
我不知表达什么
往往为假象努力
陷入泥潭
久久不能自拔

我决心流浪天涯

找到丢失的自我

我背负着地平线

留下一个个背影

我相信从前的传说

远方就是我的归宿

2021-11-21 于兴县

澄明

打开身体
清除每一粒尘埃
唤醒细胞
像花蕾般怒放
黎明摇曳甘露
承接天地精华

挥动双臂
书写人字和大字
每一次腾跃
带动沉滞的身体
进入水中
沐浴疲惫的灵魂

挥洒汗水

荡涤体内杂念

翻动书页

驱除作祟的心魔

时日漫长

何日能够澄明

2021-11-23 于存养斋

轻功

奔驰在跑道上
身体变得很轻
挥动如翅的双臂
甩去沉重的盔甲
一次次抛起自己
真是飘飘欲仙

无数次弹射身体
射向更远的征程
空气中逍遥漂浮
一口气沉入丹田
浑身像气球飞翔
一阵风送我入云

遥想古代的奇人

身轻似燕踏雪无痕

飞檐走壁一苇渡江

我想练一身轻功

梦想着超脱红尘

让灵魂无拘无束

2021-12-19 于存养斋

跑步三

磨砺的霜刃
飞向黎明的黑暗
化作一道光
在跑道上轮回
无极的星辰大海
游弋神性的自我

呼吸吐纳间
贯通浑身的经络
克服地球引力
擂响大地之鼓
强化核心肌群
锤炼坚忍的意志

冬日的长风

弹奏生命的琴弦

唤醒内啡肽

体验灵魂的欢愉

无限的奔跑中

妙会天人之境

2021-12-30 于上官巷

乐山

喜欢登山的人
不会止步于山
一座山又一座山
横亘在苍茫大地
他带着使命向前
把身体交给山脉

一生好入名山游
无限风光醉雪莲
绿草如茵芝兰烂漫
五岳四镇灿若美文
遨游不尽的群山
永无止境的渴念

把命运挂在山腰

将红旗插入峰巅

心里是珠穆朗玛

抚摸悬崖流连秘潭

阅尽芬芳修道羡仙

光阴无涯仁者乐山

2022-1-24 于上官巷

浮云

一朵浮云就能
把你带到远方
披星戴月飞奔
无怨无悔前行
像春风般浪迹天涯
孤鸿翩翩向往苍旻

怦然心动的豪言
曲终人散的空寂
回眸多是过眼烟尘
费尽心思的粉饰
郑重其事的然诺
一挥手都是尘烟

纷至沓来的人迹

来来往往的过客

有时那么虚幻难分

昼夜不舍的岁月

漂泊无依的游子

怎能不霜染双鬓

2022-2-19 于存养斋

涟漪

喜欢浪迹四方
一刻不曾回头
无论东西南北
远方即是归处
时间折折叠叠
就像天边的飞鸿

日子匆匆忙忙
像陀螺般旋转
身若水中浮萍
到处飘荡无所依存
有时夸父逐日
有时御风飞奔

蓦然回眸往昔

岁月了然无痕

洗净铅华揽镜自照

一片红尘一片混沌

过眼多少涟漪

回眸了无印痕

2022-2-23 于上官巷

远行

现在春阳正好
渐渐停下脚步
收拢蔓延的触角
回归灵魂琼宫
拨开漫漫迷雾
看见重重幻影

为什么魂不守舍
为什么夜夜失眠
何时如如不动
何时收敛锋芒
无论尘嚣四处飞舞
伫立大地昂首苍穹

进入也许是泥潭

得到或许是失去

牢牢控制缰绳

勒紧心猿意马

正值惊蛰时节

乘着春风远行

2022-3-6 于存养斋

退守

现在不如退出

守在自家园内

读书吟诗作画

经营花花草草

日出东山日落西隅

享受疏影婆娑

走进老家故园

抚摸斑驳窗棂

回忆从前庭训

在四合院的日子

向往远方地平线

梦想世界边缘

可叹流光碎影

容颜已非当年

拂去行囊尘埃

暗自顾影而盼

你的疆域不是世界

而是足迹所到之处

2022-3-9 于上官巷

云朵

无意间抬头
我的灵魂被电击
美丽的云朵
徜徉浩瀚太空
远离红尘世界
安居高高天庭

穹庐如同华盖
无际无涯延伸
比海洋更蓝
比大地更广
云朵默默无语
化作千姿百态

它是象形文字

它是宇宙精灵

只要你伫立大地

只要你凝视一次

仿佛受到洗礼

从此不染尘埃

2022-5-3 于存养斋

天马

目光深沉向远
皮肤光洁如锦
高高昂起了头颅
鲜花开得正红
草地葳蕤茁壮

面朝无垠远方
长久咴咴鸣叫
雄壮豪迈的野性
穿越头顶云层
撼动所有禁忌

眺望万里长空
身躯如龙起伏
把躯体交给大地
鬃毛飘逸如画
四蹄腾飞云中

2022-6-28 于上官巷

驭手

梦想一匹烈马
忘乎所有烦忧
享受飘摇的快感
试看地动山河
沉迷天旋地转
如同疾风飘逝

昂首夹紧马腹
双手勒住缰绳
鼓声咚咚敲击
紫电划开苍穹
勃然奋飞的四蹄
撕裂世间的藩篱

安能寄身华屋

岂可凭依枥下

天地是你的舞台

驰骋是你的宿命

卸下过往重轭

神话一样奔逸

2022-6-29 于存养斋

执念

黄昏的小树林

归鸟声声启迪

多少光阴匆匆流逝

如今望尘莫及

彩霞扯起帷幕

遮挡凡尘往事

奔波执念之中

忘却雄心万丈

那个胸怀世界的人

归来风尘满衣

如今孑然而立

正与自己较劲

无尽红尘滚滚

映现蜃楼海市

与河流山川握手

与身心达成妥协

放下的是执念

解脱的是枷锁

2022-7-4 于上官巷

角落

喜欢站在角落

观看云聚云散

向晚的阳光穿过树丛

撒下万道金线

摇曳不已的光斑

像世事一样变幻

一片云朵就让你

再次与往事遇见

眼神依然平静

忍看尘埃飞旋

呼啸不已的大风

无法掀起内心波澜

总是与记忆搏斗

假想了无数将来

夕阳西下星辰闪烁

却还滞留在路边

踟蹰不已的人

为何那么自负

2022-7-6 于存养斋

开合

打开又合上
书中的江山
藏着无数密码
藏着许多符咒
让人痴痴求索
一生徜徉不止

仰头浩瀚穹庐
低头默默思考
为什么无怨无悔
为什么寻寻觅觅
独自守着长夜
枕上辗转不已

翻阅春夏秋冬

流转无尽岁月

无数次俯仰之间

无数次慨叹之际

叩问茫茫大地

谁能主宰沉浮

2022-7-26 于上官巷

飞刀

练习了无数遍

屏息绷紧身体

夕阳拖长了影子

像拉满的弓弦

那无限的目标

让你心动连连

你向着天空

发出震耳长啸

你面朝荒原

默诵往昔誓言

你带着所有行囊

摇曳于地平线

不断挥动长臂

甩出把把飞刀

流淌不已的光阴

让愁绪无际无边

那寂寞的长夜

飞刀与星光闪亮

2022-7-28 于存养斋

立秋

期待一场飓风
吹过灼热大地
把郁闷的心绪
乱七八糟的事
扔到九霄云外
抱元守一心旷神怡

今天正好立秋
一年已经过半
光阴不舍昼夜
目标尚未实现
想想世间的破事
别消耗自身能量

远离纠缠的小人

因为不可能同频

蜗居静静的斗室

听一听风声雨声

毕竟完善自己

才是终生目标

2022-8-7 于存养斋

转身

要想改变自己

就从此刻做起

放下心中执念

不再低头寻觅

眺望诗和远方

唤醒曾经初心

目光停止游移

步履坚定有力

即使波涛汹涌

早有定海神针

干脆关上门户

每天独守斗室

放下镜月水花

默默转身撤离

从此针对自己

从此回心转意

抖落俗世尘埃

潇潇向天而歌

2022-8-11 于上官巷

天人

惊鸿一瞥的天人
在眼前一闪而过
时光不可倒流
令人久久伫立
为什么不语不言
从此后落落寡欢

哪里有什么永恒
为什么沉溺瞬间
一场一场的遐想
令人在迷宫行走
也许憧憬编织了
束缚自我的渔网

匆匆忙忙的日子

谁不是带着遗憾

电光石火的瞬间

哪有什么完美答案

夜深人静的时刻

为什么辗转难眠

2022-11-11 于存养斋

贺友跑完全马

目光穿过苍茫岁月
信念始终坚定不移
像一颗流星耀眼
像一支离弦之箭
飞向命定的远方
飞向未知的明日

沐浴奥体的朝阳
肩披秋日的彩霞
振作精神大鹏展翅
甩开双臂身轻如燕
像牛郎跨越天河
像夸父一样追日

秋风为你奏乐

云燕为你歌唱

御气而行一刻不歇

与风同行奔向远方

此生跑遍天南海北

足迹弹奏神州华章

2022-12-31 于存养斋

醒悟

一瞬间的灵光
凝聚多少元神
那些期待的过往
飘入时间的苍穹
从此杳无音讯
你却执着永恒

曾经心动不已
曾经梦想兰麝
多少年苦苦守候
多少次寻寻觅觅
洗尽铅华之后
怅然两手空空

不觉年末岁尾

不觉鬓添白霜

雪花飘然洒落

带走曾经过往

慎独斗室的岁月

一次次反省自己

2022-12-31 于存养斋